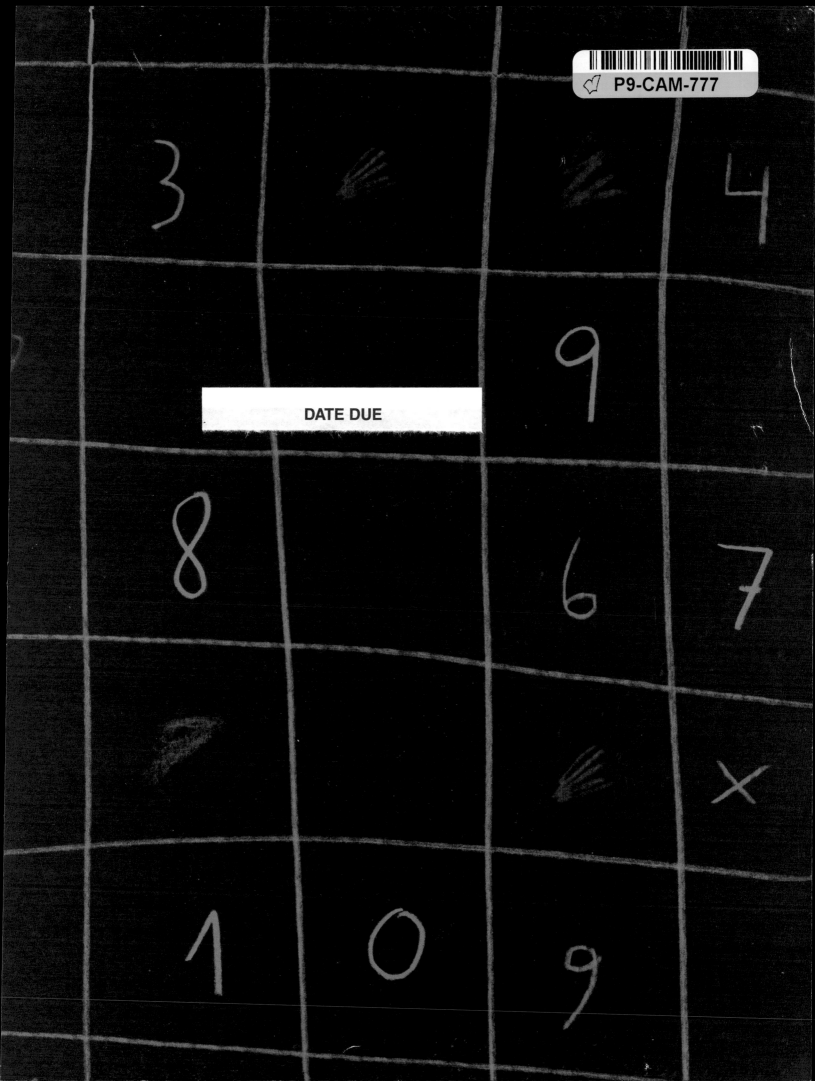

DATE DUE

P9-CAM-777

Primera edición,   2007
 Segunda reimpresión, 2013

Luján, Jorge
    Numeralia / Jorge Luján; ilus. de Isol.
 — México: FCE, 2007
    [26] p.: ilus.; 29 × 23 cm — (Los Especiales
 de A la Orilla del Viento)
    ISBN 978-968-16-8323-8

    1. Literatura infantil I. Isol, ilus. II. Ser. III. t.

LC PZ7   Dewey 808.068 L275n

Distribución mundial

© 2007, Jorge Luján, texto
© 2007, Isol, ilustraciones

D. R. © 2007, Fondo de Cultura Económica
Carretera Picacho Ajusco, 227; 14738 México, D. F.
www.fondodeculturaeconomica.com
Empresa certificada ISO 9001:2008

Editoras: Miriam Martínez y Marisol Ruiz Monter
Diseño: Isol
Formación: Paola Álvarez Baldit

Comentarios: librosparaninos@fondodeculturaeconomica.com
Tel.: (55)5449-1871. Fax: (55)5449-1873

ISBN 978-968-16-8323-8

Se terminó de imprimir en noviembre de 2013 en
Impresora y Encuadernadora Progreso, S. A. de C. V. (IEPSA),
calzada San Lorenzo, 244; 09830 México, D. F.

El tiraje fue de 1000 ejemplares.

Impreso en México • *Printed in Mexico*

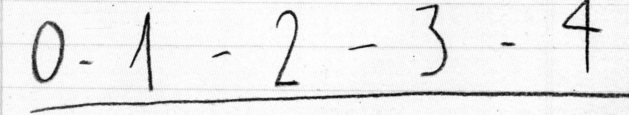

Numeralia

Un poema de
Jorge Luján

Dibujado por
ISOL

- 6 - 7 - 8 - 9 - 10

LOS ESPECIALES DE
A la orilla del viento
 FONDO DE CULTURA ECONÓMICA

El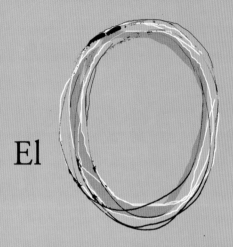

para aprender cómo se para un huevo.

El **1** para la bandera más pequeña del mundo.

El

para recordar que el Patito no siempre fue feo.

El  **3**

para los besos de las buenas noches.

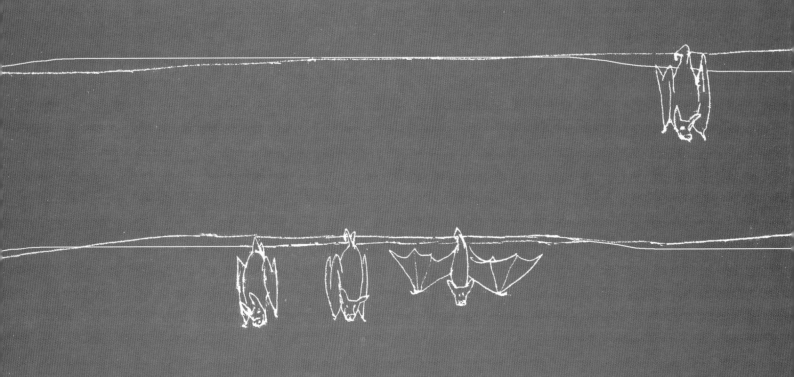

El 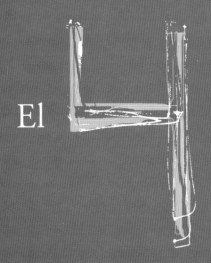 para una silla sentada al revés.

El 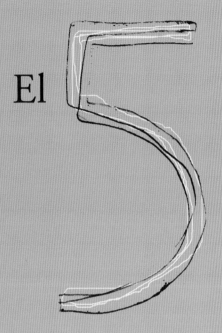 5

para los habitantes secretos de los guantes.

El 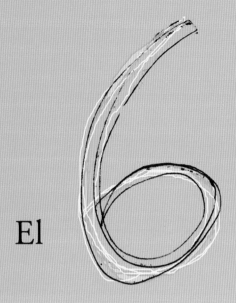

para Los Tres Mosqueteros mirándose al espejo.

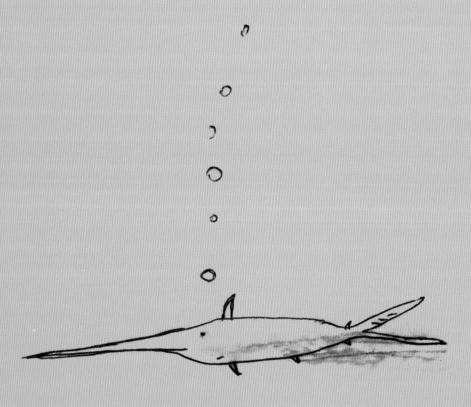

El  para que juegue Blanca Nieves.

El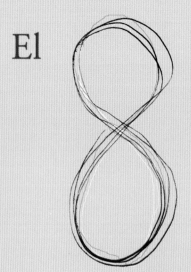

para que se deslice la arena de las horas.

El 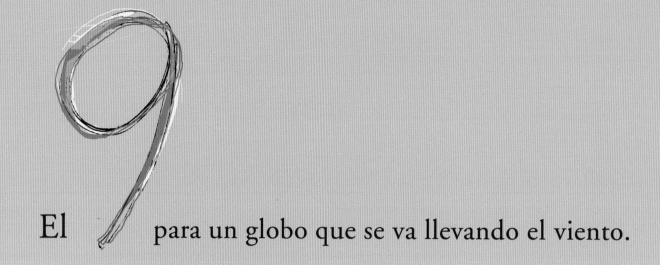 para un globo que se va llevando el viento.

El  **10**

para los alumnos distraídos… y soñadores.

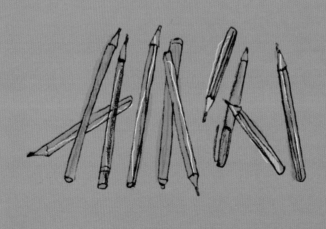